ESSAIS

SUR

LES CYNÉGÉTIQUES FRANÇAISES

ESSAIS

SUR

LES CYNÉGÉTIQUES FRANÇAISES,

SUIVIS DE POÉSIES FUGITIVES,

A PARIS,

DE L'IMPRIMERIE DE GIGUET ET MICHAUD,

RUE DES BONS-ENFANTS, N°. 34.

M. DCCC. VII.

MON EMPEREUR.

La chasse forme les héros, les accoutume dès l'enfance aux fatigues de la guerre, et leur apprend à braver ses dangers ; elle élève l'âme, la forme à des sentiments généreux, et fait germer en elle le premier aiguillon de la gloire.

Les jeux, dont je présente à Votre Majesté le tableau, sont chéris des guerriers qu'a long-temps couronnés la gloire : ils y retrouvent l'image de leurs premiers combats ; et, couverts de blessures, ils sourient encore avec un noble enthousiasme dans le sein de la paix, en revêtant leurs armes victorieuses pour des combats moins sanglants.

Vos grands travaux vous ont rendu le père

des guerriers dont s'honore la France. Assez heureux, Sire, pour avoir suivi Votre Majesté dans les camps, j'ai partout entendu retentir autour de vous ce nom qui vous est si cher.

Vous offrir mon ouvrage, c'est l'offrir à tous les guerriers. Soyez, Sire, auprès d'eux mon égide, comme vous avez été la leur au milieu des combats ; et si Votre Majesté daigne accueillir avec bonté mes premiers essais, je serai trop récompensé de mes travaux.

Agréez, Sire, l'assurance de l'entier et respectueux dévouement de votre fidèle sujet.

AVIS PRÉLIMINAIRE.

La chasse fut une des premières occupations des hommes. Les premiers besoins qu'ils éprouvèrent, et la nécessité de les satisfaire, ont dû les porter d'abord vers cet exercice; car la vie pastorale et l'agriculture ne leur offraient que des ressources éloignées, qui ne devaient être que le résultat de longues observations et de combinaisons profondes.

En remontant à l'origine de tous les peuples, on trouvera qu'ils ont d'abord été chasseurs, et que ce n'est que par une longue suite de temps, et à mesure que les liens de la société les ont rapprochés davantage, qu'ils ont rassemblé des troupeaux et cherché dans les produits du sol qu'ils habitaient une nourriture nouvelle.

Lors même que, réunis en famille, ils trouvèrent dans le lait de leurs troupeaux et dans leurs moissons une nourriture abondante et plus douce, la nécessité de les défendre de l'attaque et des ravages des animaux sauvages devait toujours les porter vers cet exercice guerrier.

L'usage que faisaient les pasteurs de la dépouille des animaux qu'ils avaient terrassés, l'espèce de gloire qu'ils mettaient à s'en revêtir, et la considération qu'ils accordaient à ceux qui se distinguaient dans cet exercice, devaient beaucoup contribuer à les y attacher davantage.

Un pasteur quittait-il le vallon où il avait long-temps vécu dans le sein d'une amitié paisible? La peau du plus terrible animal qu'il avait vaincu devenait entre les mains de son camarade le gage d'une éternelle amitié.

Les bergères mêmes, dans ces temps d'innocence et de simplité, n'étaient point insensibles à la gloire, et couronnaient ceux de leurs bergers qui s'étaient le plus distingués dans ces nobles travaux.

La dépouille d'un animal terrible passait de père en fils comme un titre de valeur, et fut souvent le prix du courage et des combats pastoraux. Les moyens qu'employèrent d'abord les hommes à la chasse étaient simples et bornés; un épieu fut la première arme dont ils se servirent; l'agilité des animaux rendant ces armes insuffisantes, on sentit bientôt la nécessité de les atteindre dans leur course; de là l'invention de l'arc qui fut longtemps la seule arme des peuples chasseurs.

Lorsque l'homme parvenu à un degré de

civilisation plus avancé eut soumis le cheval à son empire et l'eut associé à ses plus nobles travaux, il dut en tirer pour la chasse un grand avantage.

Il trouva ensuite dans la fidélité du chien, et dans la finesse étonnante de son odorat la facilité de suivre à la piste les animaux qu'il chassait ; et cette découverte, en ajoutant à ses moyens d'attaque, dut lui faire trouver dans les exercices de la chasse un attrait nouveau.

Lorsque l'intérêt commença à diviser les différentes peuplades et à leur faire distinguer ce *tien* et *mien*, sujet des plus terribles dissentions, ils commencèrent à se livrer des guerres cruelles. Ceux d'entre les bergers que la chasse avait rendus plus robustes et plus agiles devaient nécessairement se distinguer de leurs compagnons par une bravoure et un courage plus soutenus. L'admiration excitait parmi eux une noble émulation et un plus grand penchant pour la gloire; de là l'origine des premiers guerriers.

Les guerriers les plus célèbres de la Grèce étaient chasseurs; ils commençaient leurs exercices et leur réputation dans ces jeux, s'y accoutumaient à supporter les travaux et les fatigues, et leurs corps y acquéraient un développement et une force athlétique avantageuse dans les combats.

Des poètes célèbres ne crurent pas cet exercice indigne de la majesté de leurs chants; ils le considéraient comme l'école de courage et le berceau de l'héroïsme et de la valeur la plus généreuse.

Athènes, subjuguée par la mollesse, songeait peu à se défendre des ennemis du dehors. Xénophon, pour tirer les Athéniens de leur léthargie, chanta les travaux et les plaisirs de la chasse. Il piqua leur orgueil national en célébrant les héros de leur pays qui l'avaient le plus honoré et qui étaient à la fois chasseurs et guerriers.

Les noms d'Achile et de Diomède étaient faits pour électriser les Grecs et les reporter à ce noble enthousiasme, source des actions les plus héroïques et vrai caractère d'une grande âme.

Le goût des Grecs pour le merveilleux leur fit bientôt placer dans les cieux les illustres chasseurs dont ils adoraient la mémoire; ils ne tardèrent pas à donner à la chasse une origine céleste et à faire descendre un dieu sur la terre pour l'enseigner aux hommes.

L'amour de la chasse lorsqu'il ne dégénère point en une férocité sauvage, et qu'il est tempéré par les vertus sociales, est très propre à donner à l'homme une noble fermeté et à développer en lui des idées qui élèvent son âme et la portent à des sentiments nobles et généreux.

Ceux qui n'ont aucune idée de la chasse, et qui n'ont jamais connu ni ses dangers ni ses plaisirs, auront peine à croire que cet exercice puisse influer aussi puissamment sur le caractère de l'homme.

Le chasseur accoutumé à se trouver dans une foule de positions dangereuses, et quelquefois voisines de la mort, doit peu la redouter. Il voit avec sang froid les évènements qui jetteraient dans une honteuse stupeur l'homme faible et pusillanime ; il supporte avec plus de courage les contrariétés de la vie et trouve dans son énergie et dans la force de son caractère le moyen de les surmonter, sans pour cela rien perdre de cette sensibilité exquise qui fait le charme de la vie.

Le chasseur habitué, dès sa jeunesse, à franchir les précipices, à supporter la fatigue et les privations les plus dures, n'est-il pas déjà un soldat tout formé? avec quel avantage ne paraîtra-t-il pas dans les rangs s'il est appelé à la défense de son pays? Il ne sera point déplacé dans la cohorte des braves; à la première bataille il verra sans effroi la mort autour de lui; il saura, s'il le faut, se précipiter au-devant de ses coups et se sacrifier par un noble dévouement.

On doit s'étonner qu'un sujet aussi intéressant et susceptible d'aussi beaux développements ait été jusqu'ici dédaigné par les hommes qui ont le plus illustré la littérature française.

Le choix de ce sujet pour y débuter à vingt-deux ans est sans doute hasardé. Il devait cependant me plaire et m'attacher de préférence, puisque la chasse a été dès mon enfance ma plus agréable récréation; et que lorsqu'appelé à des travaux plus sérieux je n'y pouvais plus trouver qu'un rare délassement, elle n'a jamais cessé de captiver mes loisirs.

Je suis loin de penser avoir fait un poëme: mon ouvrage n'en a ni la marche ni l'étendue; et le titre d'*Essais*, sous lequel je le donne au public, annonce plutôt l'envie de profiter d'une critique éclairée que des prétentions ridicules.

Il était difficile de traiter ce sujet trop en détail sans tomber dans une monotonie fatigante et souvent voisine du genre didactique. J'y ai sacrifié quelques loisirs au milieu du tumulte des armes, et j'ai à me féliciter de l'avoir traité au sein de cette armée formidable, qui devait porter à l'Angleterre le châtiment de son orgueilleuse ambition, et qui, appelée ailleurs à punir la trahison la plus perfide, n'en a pas moins à jamais illustré les fastes glorieux de la France.

CHANT PREMIER.

ARGUMENT.

Idées générales sur la chasse ; les héros dont s'honorent les anciens et les modernes ont été chasseurs ; la chasse élève l'âme, apprend à l'homme à mépriser les fatigues, et l'accoutume à braver les dangers ; tableau des fêtes champêtres pour l'ouverture de la chasse ; ridicule de la chassomanie.

DELILLE ! par ta douce et touchante harmonie,
Tu disputes la palme au chantre d'Ausonie,
Quand peintre ingénieux des plaisirs de nos champs
Tu charmes tous les cœurs par tes paisibles chants,
Et du sein d'Albion, d'une voix douce et pure,
Tu viens apprendre à tous l'art d'aimer la nature.

Je n'ai point, comme toi, guidé par Apollon,
A prétendre aux lauriers de l'antique vallon:
Mais j'aime, comme toi, les champs et les bocages,
Les agrestes forêts et leurs ombres sauvages.
Là, de Diane et d'Alcide exerçant les travaux,
Je goûte, chaque jour, mille plaisirs nouveaux.
Leurs peines, leurs dangers, leurs nobles exercices,
Dès mes plus jeunes ans, ont été mes délices.
Vous, amants de Diane, et de ses jeux divers,
Mes amis, je vous dois l'hommage de mes vers,
Et lorsque mon sujet me transporte et m'enchante,
Sur mon rustique luth, c'est pour vous que je chante;
Et simple dans mes vers, sur de légers pipeaux,
Je célèbre vos jeux, et chante vos travaux.
Profanes, loin d'ici, modernes Sybarites,
Qui plus fats que G..., et chasseurs parasites,
Faibles, sortant des bras d'une vile maîtresse,
Apportez dans nos champs, votre honteuse mollesse,

Et lâches conducteurs d'un léger phaëton,
Promenez vos langeurs, et chassez par bon ton.
Ce n'était point, jadis, dans un semblable arène,
Que se formait le bras du vaillant fils d'Alcmène.
C'était au fond des bois où le tigre en fureur
Portait partout la mort, l'épouvante et l'horreur,
Où le lion cruel, altéré de carnage,
Contre les plus hardis assouvissait sa rage,
Et dont les noirs détours, et la sauvage horreur,
Même aux plus fiers guerriers, inspirait la terreur.
Toi, qui sur un coursier, noble enfant de la Thrace,
Portes au fond des bois ton indomtable audace;
Toi, qu'enfin dans tes jeux rien ne put arrêter,
J'admire ton courage et j'ose le chanter.
Les dieux, de tes combats, nous ont donné l'exemple;
Viens, Diane nous sourit, et nous ouvre son temple.
Méprisant les faveurs des enfants de Plutus,
Elle élève notre âme, et la forme aux vertus.

Dans ses nobles travaux, cette déesse fière,
De la gloire aux guerriers enseigne la carrière.
Incomparable Achille, au sein des demi-dieux,
Ses premières leçons t'ont placé dans les cieux.
Avant que de monter au séjour du tonnerre
De monstres furieux, tu sus purger la terre;
Et devant Illion, aux guerriers de l'Élide,
Ton divin bouclier dix ans servit d'égide.
O toi, dont les travaux, exemple des mortels,
Ont chez un peuple entier mérité des autels!
Hercule, chez les Grecs, mille guerriers terribles,
Ont à l'envi brigué tes flèches invincibles.
Combien d'autres héros, fiers émules de Mars,
Ont appris dans tes jeux à braver les hasards!
C'était là que les Grecs, exerçant leur courage,
De combats plus sanglants, faisaient l'apprentissage;
C'était là qu'Antiloque et le vaillant Nestor
Endurcissaient le bras qui devait vaincre Hector.

Le Macédonien, vaincu par la mollesse,
Sous le joug des plaisirs cédait à sa faiblesse,
Et déjà préparait sa honte et son malheur :
Mais bientôt ranimant son antique valeur,
Dans ce noble exercice, image de la guerre,
Il vit naître un héros qui subjugua la terre.
Mais pourquoi remonter à ces âges obscurs ?
Parmi nous nous avons des exemples plus sûrs.
Il est d'autres héros, bien plus chers à la France
Dont Diane en ses jeux sut aguerrir l'enfance.
O toi, qui sus jadis conquérir tes sujets,
Moins par de grands combats que par de grands bienfaits !
Bon Henri ! c'est ainsi qu'on forma ta vaillance :
La chasse fut longtemps les jeux de ton enfance.
Là, se formait ce bras qui devait dans Ivry
Gagner le plus beau trône au roi le plus chéri ;
Et lorsqu'heureux vainqueur tu taris tant de larmes,
Dans tes premiers travaux tu retrouvas des charmes.

Du poids d'un diadême, heureux délassement,
La chasse offre aux grands rois un noble amusement,
Et dans ses jeux guerriers, retraçant leur victoire,
Les fait jouir en paix des charmes de leur gloire:
Dans leur brillante cour étonnant l'étranger,
D'une honteuse mollesse ils bravent le danger.

Louis, le grand Louis, aux plaines de Versailles,
Préludait en jouant au gain de cent batailles:
Là, cent jeunes héros, fiers de suivre ses pas,
Apprenant à braver un glorieux trépas
Dans les champs de Diane exerçaient leur vaillance.
Turenne! et toi, d'Assas! fiers guerriers de la France,
Dont l'ombre suit encor nos étendards vainqueurs,
La chasse a fait germer l'héroïsme en vos cœurs.
Comme Mars aujourd'hui, Diane a son tonnerre;
Elle offre chez les grands l'image de la guerre.

Que j'aime, dans la paix, ce prince belliqueux,
Qui, suivi dans les champs d'un cortège pompeux,

Entouré des guerriers compagnons de sa gloire,
De ses premiers travaux, vient chérir la mémoire!
C'est à lui qu'appartient un superbe appareil;
Que sa lance aille aux champs défier le soleil;
Que l'or étincelant de sa superbe armure
Relève encor l'éclat de sa riche parure,
Un noble faste sied au monarque puissant.

Ainsi, le père heureux d'un état florissant,
Transformant ses travaux en de superbes fêtes,
A sa brillante cour retrace ses conquêtes;
Et grand dans ses exploits, comme dans ses loisirs,
Montre sa majesté dans ses moindres plaisirs.

O vous, qui loin des cours, riche avec moins de faste,
Avez à parcourir une sphère moins vaste,
Qui, simple dans vos goûts, borné dans vos désirs,
Savez d'un heureux choix varier vos plaisirs;
Qui cultivant en sage une terre fertile,
Goûtez au sein des champs un bonheur plus tranquille;

Diane loin des cours, se fixant près de vous,
Veut marier ses jeux aux plaisirs les plus doux,
Et fuyant l'attirail d'un pompeux équipage,
Aime dans ses travaux à rencontrer un sage.

Lors donc, que dans leur cours, les diverses saiso
Auront jauni vos bleds et mûri vos moissons ;
Lorsque les yeux en pleurs, Cérès, Flore et Pomon
Abandonnent vos champs aux rigueurs de l'autom
Que l'heureux moissonneur termine ses travaux,
Et regagne en chantant ses paisibles hameaux ;
De cet heureux moment, aux sons de la musette,
Partout autour de vous on célèbre la fête.

Le cor sonne.... chasseur suspendez le départ :
De ce jour de bonheur, vous avez votre part,
Laissant dans les cités le luxe et la richesse,
Approchez, partagez ce moment d'allégresse ;
Là, chez le pauvre heureux, comme dans les châtea
Le bonheur vous unit, et vous rend tous égaux.

Qu'un fat bouffi d'orgueil, et fier de sa puissance,
Apporte dans ces lieux sa coupable arrogance;
Vous, dans ce jour heureux, par le plaisir charmé:
Croyez moi, préférez le bonheur d'être aimé,
Et d'un cœur vraiment grand, naturel interprête,
Par une gaîté franche embellissez la fête.

Pour vos travaux futurs ce jour n'est point perdu.
Le berger du hameau, si long-tems attendu,
Arrive. A peine il sait votre amour pour la chasse
Que d'un rusé renard, il indique la trace.
Des plaines et des bois, antique observateur,
Il vit dans son repaire un loup dévastateur;
Du sanglier cruel, il a vu la retraite.
Par ses sages conseils, hâtant votre conquête,
Il guidera vos pas, et bientôt aux abois,
L'animal terrassé rugira dans les bois.

Devant vous s'ouvre alors une vaste carrière;
Ne foulant plus aux pieds qu'une triste bruyère,

Vous pouvez tour à tour parcourir les forêts,
Les plaines, les côteaux et leurs vastes guérets;
Rien ne s'oppose plus à votre ardeur guerrière.
Diane, à ses travaux, se livre tout entière.
Mais alors que les champs vous sont partout soumis,
Chasseur, dans vos plaisirs, il vous faut des amis.
Un grand auteur l'a dit: à la ville, au village,
Le bonheur le plus doux est celui qu'on partage.
Toujours, jusqu'à la mort, on a vu vivre unis
Les amis qu'en ses jeux Diane a réunis.
Les plaisirs, les dangers qu'ils éprouvent ensemble,
Sont un lien sacré, qui toujours les rassemble;
Livrez donc votre cœur à ce penchant si doux.
Que de joyeux amis, sans cesse près de vous,
Fidèles compagnons de vos guerres factices,
De vos pénibles jeux partagent les délices.
Que la chasse en vos champs, variant vos plaisirs,
Soit un moyen heureux de charmer vos loisirs.

Mais gardez-vous surtout d'aller en chassomane,
Galoper chaque jour sur les pas de Diane;
Et quittant pour ses jeux vos devoirs les plus doux,
D'oublier un instant ceux de père ou d'époux.

Gardez de partager la sotte rénommée,
De ce fou qui, suivi d'une meute affamée,
Autour d'une masure, ombre d'un vieux château,
Parcourt en Dom Quichotte un aride coteau;
Et dont le vieux coursier, honte de Rossinante,
Disloque son héros par sa marche pesante:
Fidèle compagnon du chevalier courtois,
Vieilli, comme son maître, au service des rois.
Ce chasseur, dès l'aurore exerce son courage,
Vous verrez dans les champs son piteux équipage.
Deux valets d'écurie, érigés en piqueurs,
Aux sons d'un aigre cor annoncent les vainqueurs;
Et criant *oh! tayeau!* jusques à perdre haleine,
De leurs burlesques cris font retentir la plaine.

Aussi fous que leur maître, et non moins belliqueux,
Ils semblent comme lui se plaire dans ses jeux.
Non moins digne, jadis, des châteaux de Bicètre,
Sancho, dans la Castille accompagnait son maître,
Et de la renommée empruntant les cent voix,
Racontait sur ses pas ses terribles exploits.

Mais pour avoir des traits, plus digne de Molière,
Venez voir ce héros en sa gentilhommière.
Peut-être croyez-vous, que sage en ses loisirs,
Il sait pour mieux jouir varier ses plaisirs;
Et que par d'autres jeux ce chasseur se délasse
Des pénibles travaux de sa bruyante chasse.
Point! mais vous le verrez, chicaneur à l'excès,
A tous chasseurs voisins intenter des procès;
Et dans tous ses guérets, possesseur égoïste,
Envoyer sur leurs pas ses gardes à la piste.

Soins, et tendres devoirs de la paternité,
Jamais il ne connut votre félicité.

Sans cesse galopant de montagne en montagne,
Comme un autre Roland il parcourt la campagne,
Attendant chaque jour que pour sa guérison,
Quelqu'un vienne du ciel rapporter sa raison.
Ah! que je hais, surtout cette sotte manie,
Lorsqu'aux grâces du sexe on la voit réunie;
Mais je ne prétends pas, rigoriste fâcheux,
Défendre à la beauté de paraître à nos jeux.
Zélis, j'aime à te voir, au milieu de la fête,
Charmer tous nos chasseurs et marcher à leur tête.
J'aime encor à te voir, avec légèreté,
Sur un brillant coursier confiant ta beauté,
Quand les cors dans nos champs annoncent la victoire,
Voler auprès de nous embellir notre gloire;
Et bientôt, nous quittant par un adroit détour,
Nous ménager encor les charmes du retour.
Mais garde d'imiter cette folle amazone,
Qui, couverte d'airain, comme une autre Bellone,

En burlesque arsenal érigeant ses châteaux,
Sur les pas de vingt chiens va crever vingt chevaux;
Et perdant dans les bois sa douceur et sa grâce,
Prendre d'un chevalier et l'armure et l'audace.
Moins terrible brillait, au milieu des tournois,
La terreur des Anglais, l'espoir du fier Danois.
Émules de Boileau, disciples de Molière,
Ah! sur ses pas, pour vous quelle riche carrière!
Tantôt vous la verrez, comique fantassin,
Assiéger en son fort un jeune marcassin,
Et la lance en arrêt, et la visière en tête,
Attaquer, triompher ou sonner la trompette.
Pour forcer un vieux loup, vous la verrez ailleurs,
Comme un fier général placer ses tirailleurs.
Vous la verrez aussi, comme un page bottée,
Dans des marais fangeux haletante et crottée,
Poursuivant vainement les timides blaireaux,
Faire fuir la Naïade et Pan dans leurs roseaux.

Approchez, pénétrez dans son château gothique,
Des ossements hideux ornent son vieux portique.
N'espérez pas le soir trouver en son sallon
Ces aimables auteurs qu'inspirait Apollon.
Ah! son cœur endurci n'en connaît plus les charmes;
Boufflers, Gentil-Bernard, gémissent sous ses armes.
Point d'enfants sur ses pas; leurs innocentes mains,
S'élèvent loin de là vers des cœurs plus humains.
Insensible marâtre, à leur voix étrangère,
Elle ose dédaigner le bonheur d'être mère,
Et secouant le joug des devoirs les plus chers,
Délaisser un époux honteux de ses travers.

En vain, l'on traitera ce tableau de caprice;
J'ai vu l'original de cette faible esquisse;
Et fidèle en tous points, je ne trace en ces vers
Que les plus légers traits de ses moindres travers.

Belles, gardez surtout de revêtir nos armes,
Le poids d'un javelot offenserait vos charmes.

Les travaux, les dangers ne sont point faits pour
Et le ciel vous forma pour des combats plus dou
Nous reçûmes de lui la force et le courage;
L'heureux don de charmer vous échut en partag
Tout chasseur est amant; quel chasseur n'irait p
Pour vous au fond des bois affronter le trépas?
Au milieu de nos jeux exercez votre empire;
Accordez au vainqueur un aimable sourire:
Que, des bras de l'amour, à de rudes travaux,
Il vole avec ardeur à des dangers nouveaux!
Et vous le reverrez, amant plus téméraire,
Briguer à vos genoux le bonheur de vous plaire
Telle aux tentes de Mars, jadis on vit Cypris,
Être de son courage et le juge et le prix.

FIN DU PREMIER CHANT.

CHANT DEUXIÈME.

ARGUMENT.

Dispositions que doit avoir un chasseur; choix qu'il doit faire des armes, des chevaux et de son équipage; emploi des chiens, selon l'espèce de gibier; le chasseur doit respecter les champs ensemencés; bonheur qu'il peut trouver à la chasse dans les charmes de la bienfaisance.

O vous, guerriers futurs, que nos fiers étendards
Guideront à la gloire au milieu des hasards;
Venez former aux champs votre jeune courage,
Et faire des combats un noble apprentissage.
Là, des soins, des dangers, de pénibles travaux,
Formeront votre bras à des exploits plus beaux:

Là, comme dans les camps, un cœur plein de noblesse
Doit secouer le joug d'une honteuse mollesse.
  Que le chasseur aux champs devance le soleil;
Que sa légère armure offre un simple appareil;
Qu'il ait, guerrier prudent, impétueux, agile,
L'adresse d'Adonis et la force d'Achile;
Qu'un rapide torrent n'arrête point ses pas;
Qu'il sache dans ses jeux affronter le trépas;
Que l'injure des temps, les glaces, les tempêtes,
Ne retardent jamais ses rapides conquêtes ;
Et qu'au fond des forêts, suivi d'un fidel chien ,
Il marche avec courage et ne redoute rien.
  Laissez aux jeunes fats, enfants de la richesse,
Ces faibles javelots qu'inventa la mollesse;
Mais qu'un acier poli, brillant seul en vos mains,
Porte un trépas plus sûr et des coups plus certains.
  Gardez, qu'en vos coursiers, d'une noble encolure,
Un scalpel flétrissant outrage la nature;

Mais que fiers sous leur maître, et le feu dans les yeux,
Ils bravent les dangers d'un pas audacieux;
Que hennissant aux sons de la trompe guerrière,
D'un pied impatient ils frappent la poussière;
Que blanchissant d'écume et remplis de vigueur,
Ils s'indignent du frein qui retient leur ardeur.
Généreux descendants des coursiers de la Thrace,
Qu'un port majestueux annonce leur audace.
Souples, ardents, soumis, qu'avec légèreté,
Ils portent dans les champs leur noble agilité.
Tels, jadis, on voyait les coursiers de l'Élide
Voler, raser la terre en leur course rapide.
Qu'un coursier généreux, de fatigue haletant,
Ait encor la fierté d'un superbe sultan;
Que couvert de poussière, et sensible à la gloire,
Il goûte avec orgueil le prix de sa victoire;
Et d'un maître chéri, justifiant le choix,
Qu'il soit doux pour lui seul et soumis à sa voix;

Que vos chiens vigoureux, pleins de force et d'auda
Ne démentent jamais la bonté de leur race ;
Que fermes dans leur course, ardents dans les comb
Du sanglier farouche ils devancent les pas :
Que tantôt plus légers, par un élan rapide,
Ils forcent dans la plaine une biche timide ;
Et tantôt plus hardis, qu'ils mettent aux abois
Un cerf tr p orgueilleux de son superbe bois :
Vous les rendrez soumis. En commençant à naîtr
Qu'ils sachent obéir, et connaître leur maître.
A dix mois dans vos jeux, et plus forts et plus bea
Que chacun ait son nom ainsi que ses travaux.

Comme Actis et Byas, que leur nom soit sonor
Menez dans les combats Taloon et Médore,
Sultan, Thirbas, Anthée, Athalante, Siphax,
Le courageux Phanor et le terrible Ajax.

Impétueux, légers, prompts comme la pensée,
Gardez pour coure un cerf, Zéphir, Icare, Alcée,

Alcyonne, Procris et la superbe Ida,
Voleront dans la plaine à côté de Léda.
Que chaque jour aux champs, dès leur tendre jeunesse,
Un piqueur attentif exerce leur adresse.
Le chien, emblême heureux de la fidélité,
Pour mieux servir son maître expire à son côté;
Il veille sur les jours de celui qui l'enchaîne;
Il s'attache à son sort et partage sa peine:
Soumis et généreux, accablé de ses coups,
Il revient en tremblant caresser ses genoux.
L'un a reçu l'adresse et la ruse en partage;
L'autre porte aux combats sa force et son courage.
Pour les distinguer mieux, menez-les dans vos champs;
Là, vous reconnaîtrez leur force et leurs penchants.
Gardez bien de changer leur goût et leur allure;
En vain vous tenteriez de forcer la nature:
Elle même a formé, par les plus sages lois,
Lycoon pour la plaine et Sultan pour les bois.

4

Candor avec ardeur, dans sa quette brillant
Du timide perdreau suit la trace brûlante.
Plus sombre, dédaignant un si faible ennemi,
Cerbère à son côté ne chasse qu'à demi:
Bientôt, vous le verrez, fuir loin de la bruyère,
Et porter dans les bois son ardeur plus guerriè
S'attachant sur les pas des biches et des loups,
Chercher des ennemis plus dignes de ses coups
Et flairer en grondant le fumet de leurs traces.
Connaissez donc l'instinct de ces diverses ra
Et suivant que le site autorise vos jeux,
Choisissez et formez vos limiers courageux.
Mais déjà tout est prêt. Ardent comme Cépha
Vous devancez aux champs l'aurore matinale;
Le cor de tous côtés retentit dans les bois,
Rassemble les chasseurs, prélude à leurs exploit
Le piqueur à l'instant, plein d'une noble audac
Commande les relais et dispose la chasse;

Partout on voit briller et la flamme et l'acier;
La troupe se rassemble et prend un air guerrier,
Se forme, se divise, et sa marche bruyante,
Aux hôtes des forêts va porter l'épouvante.
Déjà le loup vorace, inquiet et surpris,
De la meute affâmée entend les premiers cris :
Des ossements épars ont trahi sa retraite;
Il fuit, il veut encor retarder sa défaite.
On le suit à la piste, et déjà sur ses pas,
Plus d'un chien généreux a trouvé le trépas.

Que d'autres à l'instant s'élancent à sa suite;
Agile, courageux, volez à sa poursuite.
Frappez, qu'il ne soit point d'obstacles à vos coups;
Un chasseur les ignore, ou doit les vaincre tous.

Mais, surtout, gardez-vous d'aller d'un pied coupable
Profaner du malheur l'enceinte respectable;
Que jamais l'indigent, les larmes dans les yeux,
De vos jeux criminels n'importune les cieux;

Ses malheurs sont sacrés, respectez sa misère,
Et les faibles moissons qu'il arrache de la terre.
C'est assez qu'il arrose un sillon de sueurs,
Sans le forcer encore à l'arroser de pleurs;
Détournez loin de lui votre meute docile,
Et comme ses malheurs respectez son asile.

Que Dorimon, suivi de chasseurs turbulents,
Disperse dans les bleds ses piqueurs insolents;
Qu'il dévaste en riant les plus fertiles plaines,
Qu'il désole un hameau, qu'il insulte à ses peines,
Qu'il en trouble la paix par de coupables jeux,
Partout on gémira de ses excès honteux:
Qu'il traîne sur ses pas l'horreur et la misère;
Dans le sein de la paix qu'il apporte la guerre;
Sur les bords d'un taillis à ses yeux enfoncé,
Qu'il insulte au vieillard qui, par l'âge glacé,
Vient au bruit des piqueurs, des chiens et des chevaux
Gémir sur les débris de trente ans de travaux.

Ses malheurs sont sacrés, respectez sa misère,
Et les faibles moissons qu'il arrache de la terre.
C'est assez qu'il arrose un sillon de sueurs,
Sans le forcer encore à l'arroser de pleurs;
Détournez loin de lui votre meute docile,
Et comme ses malheurs respectez son asile.

Que Dorimon, suivi de chasseurs turbulents,
Disperse dans les bleds ses piqueurs insolents;
Qu'il dévaste en riant les plus fertiles plaines,
Qu'il désole un hameau, qu'il insulte à ses peines,
Qu'il en trouble la paix par de coupables jeux,
Partout on gémira de ses excès honteux:
Qu'il traîne sur ses pas l'horreur et la misère;
Dans le sein de la paix qu'il apporte la guerre;
Sur les bords d'un taillis à ses yeux enfoncé,
Qu'il insulte au vieillard qui, par l'âge glacé,
Vient au bruit des piqueurs, des chiens et des chevaux,
Gémir sur les débris de trente ans de travaux.

Mais vous, chasseurs ardents, généreux et sensibles,
Vos plaisirs sont plus purs, vos courses plus paisibles.
Jamais dans vos combats, le cri d'un malheureux,
Ne vint empoisonner le charme de vos jeux;
Et lorsqu'un autre aux champs vient porter les alarmes,
Votre cœur plus humain vient y sécher les larmes.
Si le cerf qu'en vos bois vos limiers ont lancé
Fuit, s'échappe et traverse un champ ensemencé;
S'il vous faut par un crime acheter la victoire,
Ne payez pas si cher une si faible gloire.
Arrêtez, suspendez vos courses et vos jeux,
Il est d'autres plaisirs pour des cœurs généreux.
La fortune vous rit. Du sein de l'abondance,
Venez donc dans les champs secourir l'indigence.
Soyez homme, un moment, écoutez votre cœur :
Là, sous un toit tremblant, asile du malheur;
Aux genoux d'un traitant, une famille entière,
Demande en vain du temps pour payer sa chaumière.
Déjà de la justice, un suppôt arrogant,

Mais vous, à votre tour, que ferez-vous pour lui?
Chasseur, dans ses malheurs, devenez son appui;
Peut-être pouvez-vous, par un conseil utile,
A sa triste indigence arracher sa famille :
Peut-être pouvez-vous, interrompre ses pleurs,
Et goûter le plaisir de finir ses malheurs.
Alors, dans les transports d'une gaîté champêtre,
Près de vous ses enfants viendront aussi paraître.
Pour vos succès futurs, écoutez leurs désirs;
Partagez un moment leurs agrestes plaisirs,
Et bientôt vous verrez, qu'en ces moments de fête,
Le cor, toujours trop tôt, vient sonner la retraite.
Partez, séparez-vous de vos hôtes heureux;
Chasseur, vous emportez leurs regrets et leurs vœux.
Un jour vous reviendrez chasser en ces montagnes:
Les habitants heureux qui peuplent ces campagnes,
Ont pour votre retour formé mille souhaits :
Venez jouir près d'eux du prix de vos bienfaits.
Là, vous ne craindrez point les poisons de l'envie
Peut-être un jour aussi vous leur devrez la vie.

Arzan ! ô brave Arzan ! ton noble devouement
M'arracha sur tes bords au perfide élément ;
Quand trop impétueux dans ma course imprudente,
Sur un fragile esquif je bravai la tourmente.
Ton cœur ne fut point sourd à mes faibles sanglots,
Quand loin de ma nacelle, abîmé dans les flots,
Mon bras n'opposait plus que des forces glacées,
Qu'un effort inutile aux ondes courroucées.
Témoin de mes dangers, dans ton noble transport,
Pour conserver mes jours, tu vins braver la mort ;
Tu me sauvas des flots. Sous ton humble chaumière
Mes yeux reconnaissants ont revu la lumière ;
J'entendis sous la vague et tes cris et tes vœux :
Arzan, je dois la vie à tes soins généreux.
Ton nom, ô brave Arzan, doit orner mon ouvrage :
Je dois un monument à ton noble courage ;
Mais les vœux qu'à mon tour je fais pour ton bonheu
Bien mieux que dans mes vers, sont gravés dans mon c

FIN DU SECOND CHANT.

CHANT TROISIÈME.

ARGUMENT.

Tableau des diverses chasses, selon les saisons; plaisirs de la pêche pendant l'été; chasses au sanglier, au cerf et au lièvre avec les chiens courants; chasse au fusil; vol de l'oiseau; chasse d'hiver le long des rivages de la mer.

La nature en son cours, par un accord heureux,
En marquant les saisons, a varié vos jeux:
Chacune a ses plaisirs, ses fêtes, ses alarmes.
Diane en tous les temps aime à paraître en armes;
Et partout un chasseur que charme ses travaux,
Se livre chaque jour à des plaisirs nouveaux.
  Le printemps, il est vrai, Diane triomphante
Se plaît à respecter la verdure naissante;

Aux pieds d'Endymion déposant son carquois,
Quelquefois on la voit soupirer dans les bois;
Et pour ce jeune amant, abandonnant ses armes,
De plus tendres combats venir goûter les charmes.
Alors, ses cris guerriers, ne troublent plus les champs,
Et les oiseaux en paix, par leurs amoureux chants,
Répétant dans vos bois le concert le plus tendre,
Sans redouter vos rets pourront se faire entendre.
Que cet heureux moment ait des charmes pour vous,
Quittez vos javelots et suspendez vos coups;
Prêtez à ces concerts une oreille attentive:
Chasseur, d'un clair ruisseau, venez suivre la rive.
Là, sur les bords fleuris de ces limpides eaux,
Hâtez-vous de goûter mille plaisirs nouveaux.
Le sang des animaux ne rougit plus la terre,
Aux habitants des eaux vous déclarez la guerre.
Sous un ombrage frais qu'agitent les Zéphirs,
La timide Delphi partage vos plaisirs,

Et Danaë quittant son superbe étalage,
Vient, en simple bergère, embellir ce rivage.
   Qu'un groupe de beautés, souveraines des eaux,
Sur un paisible lac dirigent leurs bateaux.
Par un appât trompeur, que d'autres sur la rive,
Y surprennent la truite ou la carpe craintive;
Folâtrent en riant sur l'émail de ces bords,
Et charment les échos par leurs tendres accords.
   Qu'aux bords de l'Océan, des nymphes moins timides,
Guident un frêle esquif sur les pleines humides;
Devenus sur leurs pas de hardis matelots,
Partagez leurs plaisirs sur le calme des flots.
   Vénus en souriant les confie à sa mère;
L'impétueux Borée a quitté l'onde amère.
Par leurs charmes soumis, respectant leurs plaisirs,
Il livre leur esquif au souffle du Zéphir.
Chasseurs, l'amour vous offre en ces bruyantes fêtes,
Mille heureux moments pour choisir vos conquêtes;

Gentil-Bernard l'a dit : « l'Amour ainsi que Mars,
» L'Amour a des saisons pour tenter les hasards. »
Diane habite alors, aux bosquets de Cythère,
Et le jeune chasseur, amant plus téméraire,
Aux bras de son amante, à l'ombre de ces bois,
Trouve dans ses faveurs le prix de ses exploits.
L'été, le son des cors retentit sur la plage,
Quitte un moment tes jeux, ranime ton courage,
Un sanglier féroce a paru dans tes bois;
Tes compagnons en arme accourent à ta voix.
Déjà leurs fiers coursiers font voler la poussière;
Et s'élançant au bruit de la trompe guerrière.
Tes limiers halletants, suivis de tes piqueurs,
Vers l'animal féroce appellent les vainqueurs;
Cours sur ses pas. Partout, le plus affreux ravage
Aux plus épais taillis t'indiquent son passage.
Là, des arbres brisés et des rocs sourcilleux,
Des troncs déracinés s'offriront à tes yeux.

L'arbrisseau qu'a flétri son haleine brûlante,
Baisse le front jauni de sa tige mourante.
Partout tu trouveras l'épouvante et la mort;
Mais déjà tes limiers ont éventé le fort;
Déjà le sanglier, terrible dans sa rage,
Se hérisse, s'anime et glace leur courage;
Déjà le fier Byas, le plus brave de tous,
Le fougueux Taloon expirent sous ses coups.
Avec fureur déjà, sa hure meurtrière,
Se rougit de leur sang, brave la meute entière.
Du salpêtre enflammé, l'effet est incertain;
Affronte l'animal une lance à la main:
Surtout à la valeur réunit la prudence.
Frappe, attaque, repousse, évite sa défense;
Athlète vigoureux, intrépide, guerrier,
Dans ses flancs écumants plonge un fer meurtrier.
L'animal irrité trompe-t-il ton courage
Par un adroit détour? Rien n'égale sa rage.

Aussi prompt que la foudre il s'élance sur toi;
Tes piqueurs consternés pâlissent tous d'effroi,
Qu'un chasseur à l'instant, comme toi plein d'audace,
Détourne l'animal et s'élance à ta place :
Lui présente sa lance et bravant son courroux,
Attire sur lui seul tout l'effort de ses coups.
A ton tour, au combat, l'amitié te rappelle;
Hâte-toi, cours livrer une attaque nouvelle;
Cours défendre les jours de ton libérateur,
Partages avec lui la palme du vainqueur.
Compagnons de tes jeux, il a part à ta gloire;
Mais déjà les piqueurs ont sonné la victoire;
Déjà couvert de sang, l'animal aux abois,
De ses lugubres cris fait retentir les bois;
Il chancèle, et le poil de sa hure pesante,
Se crispe en approchant sa défense brûlante,
Contre tant d'ennemis il fait un vain effort.
Tes limiers à grands cris viennent hâter sa mort;

Et Cerbère, Léda, Procris, Sultan, Pandore,
Étanchent dans son sang la soif qui les dévore.
En triomphe, chez toi, porté par tes piqueurs,
Qu'il précède à l'instant ses courageux vainqueurs;
Dans de moindres dangers, portant la même audace,
Ailleurs, d'un cerf, dix cors, tu vas suivre la trace;
Déjà devant la meute il a fui dans les bois,
Et trompé tes limiers par cent détours adroits.
Tout part; mais c'est en vain que Diane m'inspire,
Ici, je dois me taire, et suspendre ma lyre.
Delille, au fond des bois, mes agrestes pipeaux,
N'iront point profaner tes magiques pinceaux;
Des vainqueurs dans tes chants tu peignis la victoire,
A toi seul appartient de retracer leur gloire.

Déjà les laboureurs, au milieu de leurs chants,
D'abondantes moissons ont dépouillé les champs.
Déjà dans les guérets la rigoureuse automne
A vu cueillir les dons de Cérès et Pomone,

Et prépare au chasseur un théâtre plus beau;
Chaque jour est marqué par un plaisir nouveau.
Chaque jour au chasseur, l'automne offre une fête,
Sans cesse, dans les champs, il sonne la trompette,
Et comme ses plaisirs, variant ses exploits,
Des bois court à la plaine, et des plaines aux bois.
Ici, les chiens ardents, dans leur course rapide,
Éventent le fumet, vers un lièvre timide;
A l'instant, à grands cris, ils guident les piqueurs,
L'animal étonné, s'enfuit loin des chasseurs.
Sur ses pas, à l'instant, Athalante s'élance;
L'impétueux Candor le suit et le dévance;
Mais le lièvre rusé, par cent détours heureux,
Les déroute long-temps et s'élance loin d'eux.
Il franchit les guérets, il vole dans la plaine
Partout, la mort le suit, et sa perte est certaine;
De nouveaux ennemis s'élancent sur ses pas.
Déjà le cor terrible a sonné son trépas,

Et las, et palpitant, accablé de faiblesse,
Contre ses ennemis il lutte avec adresse.
Il succombe, il gémit; mais il les brave tous,
Et céde en combattant à l'effort de leurs coups.
Ailleurs, dans d'autres jeux, avec moins de vitesse,
La foudre dans ses mains, un chasseur plein d'adresse,
Encourage Médor, et sûr de ses arrêts,
L'abandonne à lui-même au milieu des guérets.
Sur ses pas, Actéon, le prudent Radamanthe,
Éventent le gibier dans leur quête brillante;
Et fermes à l'aspect du tremblant animal,
Du chasseur qui les guide attendent le signal.
Il s'approche, il ajuste, et le perdreau timide,
S'élance hors du chaume et prend un vol rapide;
Mais bientôt arrêté, par un plomb foudroyant,
Il roule dans les airs, tombe et meurt à l'instant.
Radamanthe joyeux, part au bruit du salpêtre,
Court, saisit l'animal, et l'apporte à son maître.

5..

Sur le poing du chasseur, j'aime à voir dans ses jeux
Paraître et s'élever un faucon généreux;
J'aime à voir la fierté d'un courageux lannier;
J'aime à voir ses yeux vifs, son front mâle et guerrier,
Son ardeur au combat, sa force, sa souplesse;
Il part, vole, s'élance et plane avec adresse.
Vers les plaines de l'air, d'un vol audacieux,
Il s'élève et se perd dans la voûte des cieux.
Semblable à l'aigle altier du maître du tonnerre,
Et d'un vol assuré redescend vers la terre;
Plane avec majesté, s'anime aux sons des cors,
Et d'un lac imposant revient raser les bords.
Là, son vol s'enhardit, son instinct se déploie,
Il part, s'élève encor, vient fondre sur sa proie;
La saisit dans sa serre, et d'un air de vainqueur,
D'un vol majestueux, revient vers le chasseur.

Mais l'hiver dans les champs commence son ravage;
C'est alors qu'un chasseur a besoin de courage.

L'aquilon a soumis la surface des eaux,
Et tes jeux sont changés en de rudes travaux.
La Naïade glacée a cessé son murmure;
Les frimats, d'un long deuil, ont couvert la nature.
Partout, le sombre acpect de la stérilité,
Vient frapper dans les champs ton œil épouvanté.
L'impétueux Borée, et ses froides halcines,
De montagnes de neige ont recouvert les plaines,
Et des gouffres affreux se forment sous tes pas;
De ces nouveaux dangers tu ne t'alarmes pas.
Déjà du Nord glacé, les bandes vagabondes,
Ont fui loin de leurs bords et paru sur nos ondes.
Déjà le signe altier a peuplé nos marais:
Le pluvier et l'outarde ont paru dans nos prés;
A travers les rochers, qui bordent le rivage,
Précédé de Candor, tu te fais un passage.
Sur le sommet blanchi de leur front sourcilleux,
Tu traces dans ta marche un sentier tortueux.

A leurs pieds, en courroux, la vague blanchissante
Mugit, roule, se brise et sème l'épouvante.
Intrépide chasseur tu braves ses efforts;
Le loutre et le renard se cachent sur ces bords.
Vers leurs antres profonds marches avec courage,
Le salpêtre enflammé retentit sur la plage;
Et comme dans tes champs, toujours victorieux,
Tu dois vaincre en tout temps, comme dans tous les lieux.

FIN DU TROISIÈME ET DERNIER CHANT.

POÉSIES FUGITIVES.

ÉPITRE A ALCIS.

ALCIS, au sein d'une prairie
Où cent jeunes coursiers de Thrace et d'Hibérie,
Qui de mille combats sortirent en vainqueurs,
Paissaient en paix l'herbe fleurie,
Était, si j'en crois maints auteurs,
Un lac d'une eau dormante et pure,
Où, ne sais par quelle aventure
Autrefois dame nature
Avait, en créant l'univers,
Laissé certains rochers déserts
De la plus bizarre structure.
Or sus, échappé du moulin,
Je sais bien qu'un âne malin,
Coursier à longue oreille, âne demi-sauvage,
Avait sur ce triste rivage,
Monarque tout puissant, despote impérieux,

Établi Pénates et Dieux.
D'abord notre nouvel hermite
N'étala pas trop son mérite;
Humble dans son obscurité,
Pendant long-temps le prudent néophite
Cacha dans ses états toute sa majesté;
Mais bientôt notre âne en délire,
Prenant goût à la royauté,
Sortit de ses rochers, et fut en pauvre sire
De l'étang s'adjuger l'empire.
Plus fier qu'Agamemnon, ce potentat nouveau
Se déclare hautement le monarque de l'eau.
Mon âne alors, roi de chétive mine,
Levant sa longue oreille et dressant son échine,
Cita tout l'univers devant son tribunal.
Un âne? Oh! la chose est trop forte,
Direz-vous : il n'est point d'âne de cette sorte,
Et tant d'orgueil sied mal
A si chétif animal.
Mon âne cependant, dans son humeur guerrière,

S'en fut, en dressant la crinière,
Interdire aux coursiers, par un arrêt nouveau,
Le passage du lac et l'usage de l'eau.
A ce burlesque édit, jugez si l'on dut rire :
On berna comme il faut l'impertinent messire.
Alors mon âne furieux,
Bouffi d'orgueil et d'arrogance,
Devenant plus audacieux,
Poussa, dit-on, l'impertinence
Jusqu'à menacer de vengeance
Le premier des coursiers qui, rebelle à l'édit,
Oserait braver sa puissance,
Et mépriser son nouveau rit.
Vous pensez bien, Alcis, que l'insolent langage,
L'impertinent édit de cet âne orgueilleux
Ne put affaiblir le courage
De coursiers aussi belliqueux,
Et que, pour prix de sa boutade,
De la guerrière cavalcade
Martin reçut, en mainte occasion,

Mainte vigoureuse ruade.
On le vit mille fois, plein de confusion,
Cacher dans ses rochers sa honteuse disgrâce;
Cent fois vaincu, cet âne ambitieux,
Redoublant d'orgueil et d'audace,
Vantait partout d'un ton impérieux
La grandeur de sa noble race
Et la gloire de ses aïeux.
Cet âne à l'humeur discourtoise,
Plus fier qu'un Attila,
Toujours trottant de çà, de là,
Aux coursiers, ses voisins, sans cesse cherchait noise,
Prétendant à sa guise ordonner leur destin;
Mais fiers de leur puissance
Ils voyaient en pitié cet animal hautain,
Et par leur mépris seul signalaient leur vengeance.
Mon âne à l'esprit de travers,
Prenant ce mépris pour faiblesse,
En conclut que tout l'univers
Fléchirait devant son altesse.

Il s'en fût donc, esprit séditieux,
Semer partout la zizanie,
Et sur le lac enfin, despote impérieux,
Lever le sceptre et fixer son empire.
Un âne! ô ciel, quel excès de délire!
Or donc, un jour ce nouveau potentat
Parcourant son humide état,
Rencontre, suivi de la gloire,
Certain jeune coursier qui, tout rempli d'ardeur,
Fraîchement échappé des champs de la victoire,
Dans le lac à loisir reposait sa valeur.
Mon âne à cet aspect, rempli de jalousie,
S'indigne; et plein de frénésie:
« Qui t'a permis, dit-il, animal orgueilleux,
» De venir parcourir ces lieux?
» Ce lac fut de tout temps soumis à ma puissance,
» Et l'univers entier m'y doit obéissance.
» Malheur à l'imprudent qui méprise ma loi!
» Je puis l'anéantir du poids de ma vengeance:
» Ce lac est mon empire, et j'y commande en roi. »

A ce discours notre coursier s'arrête,
Et tout surpris de l'argument,
Élève fièrement la tête,
Et fixe avec mépris cette insolente bête,
Dédaigne de répondre, et fort paisiblement
Folâtre sur les flots du limpide élément.
Notre âne, furieux et bouillant de colère,
Veut, pour venger sa cause, armer toute la terre;
Et fut même, dit-on, lever un pied brutal,
Et joindre une plate menace
A son impertinente audace.
Mais notre guerrier animal,
Justement indigné d'une telle incartade,
Lui détache une ruade,
Et laisse presqu'en marmelade
La mâchoire du furieux.
Que fait alors mon âne? Honteux de sa défaite,
Il gagne à l'instant sa retraite.
Au fond de ses rochers ranimant sa valeur,
Il se pavanne au milieu de son île,

Et là, plus fier encor, il exhale sa bile,
Se croyant à l'abri des coups de son vainqueur.
Le coursier, indigné d'une telle arrogance,
Médite alors une juste vengeance:
Au même instant il plonge fièrement
Au sein de l'humide élément.
L'insulaire à l'humeur rétive
Pâlit sur le bord de la rive
A l'aspect du coursier vainqueur.
Mon âne un peu trop tard reconnut son erreur;
Et, feignant de céder pour sauver son empire,
A tout il eût voulu souscrire.
Mais il n'était plus temps, et toute trahison
Était alors hors de saison.
Fallut, et sans cérémonie,
Renoncer à la tyrannie,
Et pour toujours, avec humilité,
Rentrer dans son obscurité.
Dès ce moment plus de pouvoir suprême,
Adieu puissance et diadême;

Fallut docilement redevenir Martin,
Et pour toujours retourner au moulin.

ODE

SUR L'INFRACTION DU TRAITÉ D'AMIENS PAR LES ANGLAIS.

Eh quoi! peuple perfide et traître,
Où sont tes serments solennels?
La paix ne faisait que de naître,
Déjà tu brises ses autels!
Quand, pour le repos de la terre,
Bellonne, quittant son tonnerre,
Fuit et revole vers les cieux,
Rempli de ta jalouse rage,
Tu viens ramener le carnage
Sur des champs protégés des dieux.

Jusqu'à quand, despote des ondes,
Du haut de ton trône glissant,

Te verrons-nous sur les deux mondes
Porter ton étendard de sang?
Par la plus noire perfidie,
De ton injuste tyrannie,
Tu veux encor troubler les mers?
Tremble! la Justice en colère,
Volant aux deux bouts de la terre,
A soulevé tout l'univers.

Trop long-temps ta race orgueilleuse
Marquant ses jours par ses forfaits,
Par son intrigue tortueuse
A vu s'accomplir ses souhaits.
Courbant sous tes chaînes sanglantes,
Je vois les deux Indes fumantes
Du sang de cent peuples vaincus.
L'ambition qui te dévore
Ouvre du couchant à l'aurore
Le temple sanglant de Janus.

Pour punir tes complots perfides,
Remplis d'un généreux transport,
Sur tes bords je vois mille Alcides
Porter la terreur et la mort.
Déjà le fils de la Victoire,
Sous nos murs conduit par la Gloire,
Arme lui-même ses guerriers.
Tous, remplis d'un noble courage,
Ont juré devant ton rivage
D'y cueillir de nouveaux lauriers.

ODE

SUR LA PRISE D'ULM.

Quoi! tandis qu'à l'abri d'une paix fortunée,
Le Rhin s'écoule au sein de cent heureux états,
Il frémit dans sa course, et son onde étonnée
N'entend de tous côtés que des cris de combats.

Londres voit en tremblant sa chute qui s'apprête;
Et, joignant son intrigue à son or corrupteur,
Sur l'Autriche aveuglée attirant la tempête,
Lève encor sur les mers son sceptre destructeur.

Vers les confins du monde, où la terre glacée
N'offre à l'œil effrayé que des rochers déserts,
Vienne, cours, hâte-toi, dans ta rage insensée,
De chercher un émule au despote des mers.

Ils ne sont plus ces temps où la France en alarmes,
Succombant sous le poids des plus affreux malheurs,
Voyait en gémissant le succès de tes armes,
Et ses champs inondés de tes soldats vainqueurs.

Deux fois tu vis depuis nos cohortes guerrières,
Faisant trembler d'effroi ton rempart impuissant,
Des Alpes et du Rhin soumettre les barrières,
Et laver à regret cet affront dans ton sang.

Napoléon te vit, sur le bord de l'abîme,
Faire pâlir d'effroi les plus fiers potentats;

Content d'avoir vaincu, ce guerrier magnanime
T'arrêta dans ta chute, et sauva tes états.

Maître de tes destins comme de la victoire,
Préférant aux lauriers la paix du genre humain,
Napoléon te vit tramer contre sa gloire,
Et, malgré ce forfait, te présenta la main.

Du sang de tes soldats *Marengo* fume encore.....
Et vers ce même champ guidant tes étendards,
Pour un peuple tyran que l'univers abhorre,
Tu vends au poids de l'or tes bataillons épars.

Quand, voyant nos guerriers sur l'océan humide,
Tu crois frapper des coups plus lâches et plus surs,
Plus prompte que la foudre, une armée intrépide,
Pour la troisième fois reparaît sous tes murs.

Déjà le Rhin, soumis par ce nouveau prodige,
Voit ses champs étonnés et jonchés de tes morts;
Wurtemberg t'a vu fuir; le Danube et l'Adige
Du sang de tes guerriers ont vu rougir leurs bords.

Ulm, dont le front d'airain vomit au loin la foudre,
En vain à tes soldats offre ses fiers remparts :
Trois jours sont écoulés; déjà réduits en poudre,
Sur leurs honteux débris flottent nos étendards.

Ton élite guerrière en ces murs enfermée,
A nos soldats vainqueurs se livre sans combats,
Et les restes épars de ta superbe armée
Vont annoncer sa honte au fond de tes états.

ODE

SUR LA CAMPAGNE DE BERLIN.

Eh quoi, lâche Albion! soufflant partout la guerre,
Aveuglant par ton or les plus fiers potentats,
Toujours, par des coups de tonnerre,
Tu nous fais donc punir leurs coupables états.

En vain, fier ennemi du bonheur de la France,
Tu trames des complots pour lui donner des fers;
En vain, pour sapper sa puissance,
Ta jalouse fureur évoque les enfers.

La Discorde, Alecto, les sombres Euménides,
Jalouses comme toi du repos des humains,
Ont de leurs torches homicides
Armé dans les enfers tes criminelles mains.

Là, de leur antre obscur implacables déesses,
La Chimère, la Haine, accourent à ta voix,
Soufflant tes fureurs vengeresses
Des cours que tu corromps jusqu'aux trônes des rois.

Les monarques trompés que l'intrigue rassemble,
Sous ta funeste loi ne vivent qu'un moment,
Et de tous leurs trônes ensemble
Tu te fais contre nous un rempart impuissant.

Ainsi les fiers Titans, osant braver la foudre,
Dans leur fureur aveugle escaladaient les cieux :

Elle éclate; et, réduits en poudre,
Ils tombent à l'aspect du monarque des dieux.

Courageux descendants de cent nations fameuses,
Le fier Napolitain cède à peine à ta voix;
Pour prix de ses trames honteuses,
Par sa chute terrible il glace tous les rois.

L'Autriche, qui trois fois te vendit son armée,
Par des larmes de sang expia son erreur;
Et, loin de sa cour alarmée,
J'ai vu son roi tremblant céder à son malheur.

De son trône brisé j'ai vu ce roi descendre,
Et recevoir des mains d'un vainqueur généreux
Le sceptre qu'il ne put défendre
Des poisons corrupteurs de ton or dangereux.

Aveugle descendant d'un roi vaillant et sage,
Malheureux Frédéric, ton insolente cour,
Malgré toi, prépare l'orage
Qui doit dans tes états t'écraser à ton tour.

Vainement tu formas cette ligue funeste,
Monarque impérieux par l'orgueil aveuglé;
L'espérance à peine te reste:
Tu chancèles déjà sur ton trône ébranlé.

A peine as-tu jeté les premiers cris de guerre,
Tu tombes accablé du poids de tes revers,
Et nos premiers coups de tonnerre
Ont annoncé ta chute aux bouts de l'univers.

Vainement ton grand cœur, plein d'un noble courage,
Ose invoquer encor l'arbitre des combats;
Dans ce jour affreux de carnage
Iéna s'est abreuvé du sang de tes soldats.

Ses champs ont retenti de nos cris de victoire,
Et n'ont vu qu'en tremblant nos bataillons vainqueurs
De Rosback venger la mémoire,
Et rougir de ton sang tes superbes couleurs.

Le Russe, impatient d'envahir ta conquête,
Demande en vain les champs qu'illustra ta valeur:

Avant qu'il apprit ta défaite
Il partageait déjà ta honte et ton malheur.

Elbe majestueux, tes nymphes alarmées,
D'un vol bien moins rapide ont fui loin de tes bords,
Que les débris de ces armées
Qui ne laissent partout que des monceaux de morts.

Albion! tu souris sur ces champs de carnage;
Tu souris à l'abri de tes humides bords :
Contemple ton cruel ouvrage;
Tremble, nos étendards vont flotter sur tes ports.

Éternelle rivale, île trop orgueilleuse,
Bientôt au sein des mers, implacable Albion,
Notre élite victorieuse
Doit enfin mettre un terme à ton ambition.

Lorsque dans les combats, sous nos coups héroïques,
Ton allié chancèle et succombe à son sort,

Je vois tes lâches calliniques (1)
Trouver dans Iccius et la honte et la mort.

Sous notre bras vainqueur courbant ta tête altière,
Tu quitteras le sceptre et l'empire des mers;
Nous vengerons l'Europe entière
Du sang qu'elle versa pour recevoir tes fers.

Puisse l'heureux destin qui protège nos armes,
Mettant bientôt un terme à de si longs malheurs,
Loin du tumulte et des alarmes,
Faire oublier les maux qu'ont causés tes fureurs!

Tel quand du fond des mers, sur un épais nuage
Les fiers enfants d'Éole enflamment l'horizon,
Le soleil écarte l'orage,
Et fait rentrer les vents dans leur sombre prison.

---

(1) Fusées incendiaires lancées sur Boulogne par les Anglais.

ÉPITRE

A MADAME DE GENLIS.

SALUT, Genlis, auteur aimable,
Dont l'esprit, justement vanté,
Avec grâce pare la fable
Des charmes de la vérité.
Jouis de l'heureux don de plaire,
Aimable auteur de *la Vallière*,
Toi, qui, dans tes tableaux heureux,
D'un ton touchant nous peins les jeux
De *Théodore*, et d'*Alphonsine*.
Permets qu'une muse badine,
Recluse en des climats déserts,
Ose t'adresser quelques vers,
Enfants d'un moment de folie.
Défiant la mélancolie,
Moi, je chante jusqu'à mes maux;

Et si mes burlesques tableaux,
Assez malheureux pour déplaire,
Choquaient ton oreille sévère,
Songe qu'ici, triste, reclus,
Dans mes chants je pense bien plus
A t'offrir en peintre fidèle
La vérité de mon modèle,
Qu'à venir en froid rimailleur
T'endormir avec ma douleur.
Je dis donc, me donnant au diable,
Que mon étoile impitoyable,
Errant long-temps de çà, de là,
Portant de Carybde en Scylla
Mes destins avec ma personne,
Un beau matin vers la Garonne,
Lieux où sans cesse on mentira,
Tout vivant encor m'enterra.
Dans une bicoque maudite
Où la nature décrépite
Semble, par un dernier effort,

Lutter encor avec la mort.
Sur les faubourgs battant des aîles,
Quelques hiboux, en sentinelles
Perchés sur d'antique débris,
Frappent l'air de lugubres cris.
L'ombre d'un vieux rempart antique,
Que flanquent une tour gothique
Et deux fossés noirs et bourbeux,
En forme le front sourcilleux.
On voit encor sur la masure
Sortir d'une noire embrasure
Un vieux canon de fer cassé,
Artistement rapetassé,
Qui, lors des plus notables fêtes,
Tonne jusqu'à rompre les têtes
Les plus fortes de la cité.
Pour le défendre on a planté
Quatre à cinq vieilles palissades,
Sûres et fortes barricades,
Non loin desquelles en repos

Gît plus d'un célèbre héros (1).
Dans une moitié de guérite,
Retranché comme un vieil hermite,
Un Normand avec un vieux chien
Partage le nom de gardien.
Comme la porte est écroulée,
Et que, partant, par la vallée,
On n'arrive pas sans dangers,
Pour recevoir les étrangers,
Armé d'une triste lanterne,
Un Suisse, à travers la poterne,
Les introduit en ce beau lieu
En les recommandant à Dieu.
Tous les dix ans, par aventure,
Quelque malheureuse voiture,
Égarée en l'obcurité,
Tombe en cette triste cité.
Aussi rare qu'une comète,
Si quelqu'étranger en ces lieux
S'avise de montrer la tête,

(1) Le cimetière.

Il fixe sur lui tous les yeux.
Pour voir la merveille étonnante,
Les habitants, bouche béante,
Le cou tendu comme dindons,
Sont tous aux portes des maisons.
Cependant le triste Argonaute
Cherche quelqu'impitoyable hôte,
Ou quelqu'aubergiste affamé
Qui de le voir se dit charmé,
Lui fait, avec fort maigre chair,
Force comptes d'apothicaire,
Et ne possède de bon sens
Que pour dévaliser les gens.
Des débris d'une église antique
On distingue encor le portique:
Là, tout le clergé séculier,
Et tant bien que mal régulier,
Comptait jadis jusqu'à trois prêtres.
Deux dès long-temps sont à Bicêtres;
Un seul aujourd'hui, de grand cœur,

Plante la vigne du Seigneur.
Révérend, bon Israélite,
Vendant le ciel et l'eau bénite,
Sait vivre enfin de son métier
Bien plus grassement qu'un rentier.
Prêchant mal, et vivant de même,
Pendant quatre-temps et carême;
Mengeant poulardes et dindons,
A l'appui de tous ses sermons,
Ce curé, toujours bon apôtre,
Aime l'argent tout comme un autre;
Vit d'ailleurs en fort bon chrétien,
Et mène les femmes à bien.
Or, on dit que sur ce chapitre,
On a vu la crosse et la mitre
Prêcher en vain soir et matin,
Et perdre après tout son latin.
Très chéri dans toutes les grilles,
Révérend confesse les filles,
Et comme j'ai dit en son lieu,

Exploite bien l'arbre de Dieu.
Sa *Javotte*, sa gouvernante,
Brave et fidèle pénitente,
A cinquante ans près des autels
A fui loin des ingrats mortels.
   Comme Marie en sa jeunesse,
Javotte eut bien quelque faiblesse;
Maintenant son sensible cœur
Ne brûle que pour le Seigneur.
Timide et chaste tourterelle,
Gagnant le ciel à tire-d'aile,
Javotte expie avec ferveur
Vingt ans d'une trop courte erreur.
Vieille, et par conséquent dévote,
Maintenant la bonne *Javotte*,
Qui, pour cause ne pèche plus,
Devient un véritable *agnus*.
Avec quelque sainte commère,
Voisine de son presbytère,
Sans cesse, loin de tout mondain,

Elle médit de son prochain.
  Endormant tout son auditoire,
En lunettes, sur son grimoire,
Dans les grands jours le vieux pasteur,
D'un ton nazillard et pleureur,
Dans les quatre-temps et vigile,
Vient psalmodier l'Évangile,
Les faits et gestes du patron
Qu'on révère dans le canton.
  Quand la sainte Messe est finie,
L'assistance, en cérémonie,
Conduit son haut et vieux seigneur
Au fort dont il est gouverneur :
Là, sur une antique esplanade,
Se fait la burlesque parade
Dont ces vers, pleins de vérité,
Vont te peindre la majesté.
  A la tête de la colonne,
L'élite des fils de Bellone,
Dix vieux Suisses, sourds et goutteux,

L'un sur un pied, l'autre sur deux,
Tous armés d'antiques rouillardes
Qu'ils rapportèrent des croisades,
Forment un front magestueux.
En avant, non moins belliqueux,
Trois bambins de triste figure,
Sans pitié faussant la mesure,
Marquent la cadence et le pas
Sur un fifre et deux pipanças.
Toujours soumis, partout de mise,
Aux champs de Mars, comme à l'église (1),
Ces précieux enfants du corps
Portent partout leurs sons discords.
Près de là, non moins empressée,
Aux sons d'une caisse enfoncée,
Marche d'un pas lourd et traînant

(1) Ce n'est point ici une plaisanterie; tout le monde sait que les petites églises de provinces, n'ayant pas de quoi payer une musique, prennent, les jours de grandes fêtes, des enfants qu'elles habillent en enfants de chœur, et qu'elles renvoient ensuite courir les rues comme auparavant.

La milice et son commandant.
Vient ensuite la bourgeoisie,
Formant une troupe choisie,
Aux sons de quatre tambourins
Et de deux cornets à bouquins.
Vient après la magistrature,
Chevaliers de triste figure,
Piteux, crasseux, lourdeaux et froids,
Têtes enfin à porter bois,
Vrais gibiers de patibulaires,
Pillant, volant comme corsaires,
Et qu'on devrait, pour cent raisons,
Camper aux Petites Maisons.
Chacun enfin, sur la grand'place,
De son mieux s'aligne et se place;
Fier et droit, marchant de grand cœur
Dans la carrière de l'honneur,
Le gouverneur, monsieur *Bataille*,
Commandant d'estoc et de taille,
Monté sur son grand palefroi,

Parle et commande au nom du roi.
Non, jamais paladin antique,
Armé de flamberge et de pique,
Casque, visière, *et cœtera*,
Du gouverneur n'approchera.
Vieux, goutteux, sourds comme bécasses,
Derrière lui trois garde-chasses,
Quatre greffiers, un procureur,
Forment sa grand'garde d'honneur.
Après trois grands tours de parade,
Finit enfin l'arlequinade;
Le gouverneur, bien averti,
Mieux encor par son appétit,
Qu'il est temps de garnir les tables,
Prend avec lui les plus notables,
Et court digérer ses poulets
Dans la grand'salle du palais,
Reste d'une vieille masure,
Pleine d'antique architecture
Que, ne sais pourquoi ni comment,

On nomme le Gouvernement.
Là, rayonnante et sous les armes,
Dame *Bataille* et ses gros charmes
Mange et dévore avec ardeur
A côté de son gouverneur.
Chacun l'admire et la contemple,
Et, suivant son louable exemple,
Boit, mange, et s'escrime à foison
Sur les débris d'un gros dindon.
Lors règne le plus grand silence,
Chacun dévore sa pitance,
Tous ainsi faisant de concert,
Arrivent enfin au désert.
Berchoux, aimable gastronome,
O toi que partout on renomme!
Par la finesse de tes goûts,
Viens, mon cher, chanter ces ragoûts.
Mais non : moins digne de ta lyre,
Que d'une mordante satire,
Laisse ces burlesques tableaux

A de moins délicats pinceaux.
D'abord, chacun avec courage
Dévore un énorme potage,
Où cent légumes à foison
Nagent sur un épais bouillon.
Un bouilli d'énorme encolure
Pour un moment sert de pâture
A ces voraces appétits;
Mais les convives, avertis
Qu'un grand gigot fort redoutable
Doit à son tour orner la table,
Se dépêchent, et de grand cœur
Boivent à leur bon gouverneur.
Puis, pour reprendre un peu haleine,
Chacun se farcit la bedaine.
Enfin, arrive le gigot :
Alors, voulant lui dire un mot,
Chacun, dans son humeur gloutonne,
Se desserre, se déboutonne,
Et, plein d'un appétit nouveau,

Entamme encore un aloyau.
Chacun fait bombance et ripaille,
Tombe ensuite sur la volaille,
Sur les ragoûts, sur les enchois,
Et sur quatre pâtés de choix;
Sur un maigre bœuf à la mode
Qu'on sentirait de l'Antipode.
Bien nourris de choux dans la cour
Bientôt paraissent à leur tour,
Un grand vieux lièvre en pascaline,
Deux lapins à la mazarine,
Qui sont à l'instant décrotés.
Les convives sont enchantés,
Et comme pendant la semaine
Aucun d'eux n'eut pareille aubeine,
On s'en donne jusqu'au menton.
Retranchés derrière un chapon,
Là, quelques-uns des plus voraces
Sont encor fermes dans leurs places.
Au dessert, un vieux vin clairet,

Vrai vin de mauvais cabaret;
Un autre, qu'on dit de Madère,
Bon pour des rameurs de galère,
Et de plus, ah! qui l'aurait cru?
On boit aussi du vin du crû.
  Mais avant que chacun détale,
Paraît une caisse infernale
Où six grands flacons de liqueurs
Vont endormir tous les buveurs.
  Maintenant, d'estoc et de taille,
Vient s'escrimer la valetaille,
Consistant en deux grands gougeats
Qui dévorent le fond des plats.
  Le jockey de la commandante,
Fringant, lourde espèee rampante,
Comme bien d'autres parvenu,
Laquais, enfin, est devenu;
Maintenant, pilier d'antichambre,
Soit dans l'office ou dans la chambre,
Il est, par esprit de métier,

Plus insolent qu'un muletier,
Buvant bien le vin de son maître,
Et volant son argent peut-être;
En un mot, de belle façon,
Frigant est un maître fripon.
De son côté, du gouverneur
Maître *Jacques* est le serviteur,
Lourdeau pétri de maladresse,
Plein de sottise et de paresse,
Mais homme universel d'ailleurs,
Valant au moins dix serviteurs;
Bon intendant, homme d'affaire,
Et même par fois secrétaire;
Mentant bien comme un renégat,
Et volant par esprit d'état.
Tout ce qui tombe sous la griffe
De ce grand coquin d'escogriffe,
A ses maîtres, j'en suis caution,
Ne donne plus d'indigestion;
Cocher, laquais, maître d'office,
Marmiton, frotteur ou jocrisse,

Maître *Jean*, même au cabaret,
Passe pour un rare sujet.
Assez parlé du domestique;
Déjà, dans un salon antique
Bordé d'un damas enfumé
Par le temps presque consommé,
Se rassemble avec la famille
La crême de toute la ville.
Là, parmi les gens de bon ton,
Point de rose dans son bouton;
Depuis long-temps dame nature
N'y donne plus progéniture,
Et frappe toute la cité
D'une triste stérilité.
Cependant près de la maîtresse
Je m'achemine et fends la presse,
Et je fais assez gauchement
Un insipide compliment.
La belle dame enluminée,
A ma fleurette surannée
Applaudissant de tout son cœur,

Me place à sa table d'honneur,
Avec une sempiternelle
Toute aussi décrépite qu'elle,
Près d'un Suisse à jambe de bois
Rabachant tous ses vieux exploits.
Entre ces trois vieilles échines,
Placé comme sur les épines,
Je contemplais, non sans frayeur,
Le cercle du bon gouverneur.
Sept à huit femmes surannées,
Peintes, repeintes et fanées,
Paraissent, parlant du printemps,
Jouer les trois filles du temps.
Encor, si, pour jouer les heures,
Quelques nymphes dans ces demeures
Paraissaient au fond du tableau!
Mais non : là, tout est de niveau;
On n'y voit que des antiquailles
Qui vous soulèvent les entrailles,
Et vous laissent à vos douleurs,
Au lieu d'intéresser vos cœurs.

Un char, attelé d'une rosse,
Qu'on nomme sans honte *carosse*,
Me rapporte, en me disloquant,
A mon lugubre appartement.
Claquemuré dans cette ville,
J'ai pour hôtesse une sibylle,
Sale, mégère, *et cœtera*,
Qu'un jour le diable emportera.
Le mari de ma pythonisse,
Benêt, sot, et parfait jocrisse,
A le titre d'être battu,
Et bien d'autres encore en *u*.
D'ici, comme du purgatoire,
Je me rappelle à la mémoire
De mes très chers frères en Dieu.
Je souhaite qu'ils trouvent mieux,
Et que mon étoile pendable,
Devenant un jour plus traitable,
Daignant adoucir mes destins,
Me porte au moins chez les humains.

Mandement de Cupidon à ses fidèles Ouailles pour passer gaîment le temps de la jeunesse.

Nous, Cupidon, par ces présentes,
Mandons en roi de l'univers,
A nos aimables pénitentes,
Nos derniers statuts en ces vers.
  Savoir faisons à tout Cythère,
Que, selon vieille coutumière,
En son printemps on aimera,
En sa jeunesse on brûlera,
Et qu'enfin on épousera.
  Damnons, comme dignes de blâme,
Et pour l'exemple de la foi,
Ceux qui dans le fond de leur âme
N'ont jamais rien senti pour moi.
  Défendons, comme un très grand crime,
A tous nos fidèles élus,
D'écouter la fausse maxime
De ceux que je n'enflamme plus.
  Gentil-Bernard fit un beau prône:
Mes frères, pratiquez-le bien;
Car des docteurs de ma Sorbonne,

Bernard est le meilleur soutien.
C'est le plus grand de mes prophètes:
Nouveau Saint Jean dans le désert,
Il prêche aux femmes et fillettes
Les préceptes du dieu qu'il sert.
Ici bas son aimable livre,
O mes chers frères en plaisirs!
Offre de grands modèles à suivre,
Et peut charmer bien des loisirs.
  Quinault et bien d'autres encore;
Boufflers, Lafarre, *et cœtera;*
Chaulieu qu'à Cythère on honore,
Et que partout on chérira;
Tous ont sur leur touchante lyre
Chanté leurs amoureux tourments,
Et peint dans leur ardent délire
Les cœurs enflammés des amants.
  Grands casuistes de mon église,
Qu'on honore bien ces docteurs;
Qu'on les lise, qu'on les relise,
Qu'ils se gravent dans tous les cœurs.
  Par les présentes sans retour,
Je frappe de mes anathêmes
Tous ces reclus pâles et blêmes

Qui n'ont jamais connu l'Amour,
Et qui, du fond de leurs cellules
Trompant les malheureux mortels,
Osent, coupables incrédules,
Profaner jusqu'à mes autels.
De ce forfait épouvantable,
Pour expier l'énormité,
Qu'ils fassent amende honorable
Aux pieds d'une aimable beauté;
Qu'à l'avenir toute leur vie,
Dévouée à me bien servir,
Soit une sûre garantie
De leur amoureux repentir;
Sans quoi, de ces froids cénobites
Voulant punir les attentats,
A jamais et comme hérétiques
Je les bannis de mes états.
De plus, voulons, pour le scandale
Causé par leur coupable erreur,
Que le supplice de Tentale
Ronge leur insensible cœur.
Proscrivons ces lieux de tourmente
Où, dès le printemps de ses jours,
La beauté, triste et languissante,

Va s'enterrer loin des amours.
Ici, mandons aux demoiselles,
Sous peine des plus grands tourments,
De n'être jamais trop cruelles,
Et de bien traiter leurs amants.
Très chers frères, votre jeunesse
Passe comme un tendre printemps.
Ah! jouissez; le temps vous presse:
Je ne puis enchaîner le temps.
Redoutez sa course homicide;
Car, plus cruel que les vautours,
Sans cesse d'une aile rapide
Il emporte un de vos beaux jours.
Au sein des plaisirs et des fêtes,
Coulez des jours délicieux,
Et que le séjour où vous êtes
Soit envié même des dieux.
En attendant qu'en un concile,
Sur ce, l'on ordonne autrement,
Pendant quatre-temps et vigile
Aimerez provisoirement.
Plus de jeûnes, plus d'abstinence;
Passez le carnaval en danse,
Et le carême mêmement,

Quoi qu'en dise mainte maman.
Voulant, à Cypris qui m'est chère,
Offrir un agréable encens,
Et ne plus, par toute la terre,
Souffrir de cœurs indifférents,
Mandons aux nymphes de Cythère
Les plus aimables de la cour,
De venir, au nom de ma mère,
Prêcher le plus ardent amour.
Pour cette mission divine,
Quittez vos bosquets amoureux:
Lise, Coralie et Corinne,
Vous, dont les plaisirs et les jeux
Accompagnent toutes les traces,
Croyant, par une douce erreur
Que partagera plus d'un cœur,
Ne suivre jamais que les Grâces,
Prêchez l'amour et le bonheur.
Tendre élève que Terpsichore
Prit tant de plaisir à former,
Viens, modeste et sensible Aurore:
Tu dois tout vaincre et tout charmer.
Aux sons enchanteurs de ta lyre,
Le sage abjure son erreur,

Et l'amant enflammé soupire
Après l'ivresse du bonheur.
Et toi, Philis, nymphe timide,
Viens domter les plus froids mortels,
Et quitte le temple de Gnide
Pour la gloire de mes autels.
Piquante Hébé, nymphe adorée,
Quitte Jupiter et les cieux,
Et laisse-le dans l'Empirée
S'ennuyer au milieu des dieux.
Pour convertir toute la terre,
Et pour enflammer tous les cœurs,
J'ai besoin de ton ministère:
Descends au milieu de tes sœurs;
Parais, que l'univers t'adore;
Lance les plus sûrs de mes traits;
Et, sous le simple nom de Laure,
Cache tes célestes attraits.
Partez, missionnaires divines,
Pleines de zèle pour la foi:
J'ai la plus sûre des doctrines,
Lorsque vous la prêchez pour moi;
J'ai partout de fidèles apôtres
Qui s'empresseront sur vos pas,

Et deviendront bientôt les vôtres,
Si vous ne les rebutez pas.
Pour étendards prenez la rose ;
Elle est l'emblême du plaisir,
Et comme vous à peine éclose
Aux tendres baisers de Zéphyr.
　Lancez mes fulminantes bulles
A quiconque n'aimera pas ;
Et, pour punir ces incrédules,
Nymphes, ne les regardez pas.
Si quelqu'un demeure insensible
A tant de grâces et d'attraits,
Le châtiment le plus terrible,
Le tourment de n'aimer jamais,
Puniront ce cœur inflexible
Du plus inoui des forfaits.
　L'*Art d'aimer* est mon évangile ;
Qu'il soit votre plus grand soutien.
Aussi, l'*Art de plaire* est utile.....
Mais vous le connaissez trop bien
Pour qu'il soit ici nécessaire,
Charmants apôtres de ma foi,
De recommander une affaire
Qui fut votre premier emploi.

Quittez mon amoureux empire;
Paraissez parmi les humains;
Dans l'univers que tout soupire,
Et m'abandonnne ses destins;
Du dieu qui détruisit Pergame
Recevez l'arc et le carquois;
A votre aspect que tout s'enflamme,
Que tout se range sous mes lois;
Au sein des plaisirs et des fêtes,
Des jeux, des ris et des amours,
Ne comptez que par vos conquêtes
Les plus fortunés de vos jours.
Divine Lise, aimable Aurore,
Philis, Hébé, Corine, Iris,
Je le sens, j'aurais bien encore,
Au nom de ma mère Cypris,
Plus d'un précepte salutaire
A prêcher aux cœurs amoureux;
Mais, pour moi, vous pourrez le faire
Quand vous serez au milieu d'eux.
Un jour, aimables sectataires,
Rencontrerez probablement
Le dernier de mes secrétaires
A qui j'ai dicté le présent.

Ardent disciple de la foi,
Franc chevalier de mon église,
Amour, plaisirs, sont sa devise:
Il a peu besoin de ma loi,
Mais bien plus qu'on le favorise,
Et vous le pouvez mieux que moi.
Par de fréquents pélerinages
A Cythère, en amant pieux
Il vient m'apporter ses hommages.
Avec lui, loin de tous les yeux,
Faites quelqu'un de ces voyages:
Il ne m'en aimera que mieux.

ROMANCE,

AUX CAMPAGNES DE TIL...E.

AIR : *Te bien aimer, ô ma chère Zélie!*

BOSQUETS charmants, ombrage solitaire,
Que vous avez de charmes pour mon cœur!
A tous les yeux vous êtes sûrs de plaire:
Vous possédez Philis et le bonheur.

Tout en ces lieux, à mon âme confuse,
Vient retracer sa touchante beauté.

Non, l'heureux champ que baigne l'Aréthuse
N'approche point de ce site enchanté.

Symbole heureux de l'objet que j'adore,
Toi qui prétends à l'empire des fleurs,
Philis rougit, et son front se décore
D'un incarnat plus pur que tes couleurs.

Tout, sur ses pas, me peint l'objet que j'aime;
Ce lieu paisible inspire sa candeur :
J'y vois un lys, et ce touchant emblême
Revient m'offrir l'image de son cœur.

Vous seuls, témoins du trouble de mon âme,
Zéphyrs légers, confidents des amants,
Portez aux pieds de l'objet qui m'enflamme
Mes vœux, mon cœur et les plus doux serments.

Muse, gémis, brise ta triste lyre,
Demain, je vole au milieu des combats:
Là, séparé de l'objet qui m'inspire,
Puis-je chanter, et ne l'entendre pas ?

Dieu des Français, ô dieu de la victoire!
Ah ! couvre-moi de tes plus beaux lauriers !
Philis est belle, et doit aimer la gloire :
Viens, c'est à toi de me mettre à ses pieds.

ÉPITRE

AUX RIVES DE.....

VALLONS charmants, beaux lieux où la nature,
A tes heureux bergers, prodigue avec usure
Ses plus riches couleurs;
Charmants ruisseaux, sur vos paisibles bords
Je n'irai point troubler votre murmure;
Riants côteaux, bosquets délicieux,
Vous n'avez point de charmes à mes yeux:
Sous son ombrage frais cette plaine fleurie
Ne m'offre point la cabane chérie,
Où le chagrin de sa sombre vapeur
N'obscurcit jamais mon bonheur.
Des simples jeux de ma paisible enfance
Je ne vois plus les tableaux enchanteurs,
Et je regarde avec indifférence
Ces lieux si beaux qui charment tous les cœurs.
Sur les bords fortunés de ce charmant rivage
Je cherche en vain le berceau de feuillage
Où plus aimé, plus heureux chaque jour,
Je jurais à Zélie un éternel amour.

Moments heureux ! qu'êtes-vous devenus ?
Hélas ! vous n'êtes plus !..... O souvenir funeste,
Triste et vain souvenir d'un bonheur qui n'est plus !
Vous êtes aujourd'hui le seul bien qui me reste,
Et vous êtes encor un supplice de plus !
Fuyez !.... Mais où m'égare une chagrine humeur ?
Revenez, image chérie,
Revenez au fond de mon cœur
Ramener la mélancolie :
L'amant qui vient de perdre une amante chérie,
Aime, dans sa douleur, à contempler ses traits.
Revenez : mon âme attendrie,
En vous, retrouve mille attraits ;
Vous êtes désormais ma seule jouissance :
Ramenez près de moi votre prisme enchanteur ;
Et, si vous ne pouvez adoucir ma souffrance,
Ah ! revenez au moins rappeler mon bonheur.
Hélas ! dans ma douleur, que vous avez charmes !
Revenez, revenez, et suspendez mes larmes ;
Le bonheur et la paix, hôtes de ces beaux lieux,
Les rendent charmants à mes yeux.
Champs fortunés, et vous, toit solitaire,
A quel mortel les grandeurs de la terre
Pourraient faire oublier vos jeux ?

Ici, l'heureux berger, plein de sa douce ivresse,
Chante et célèbre en paix l'objet de tous ses vœux;
Moi, loin de ma Zélie, en proie à la tristesse,
Je soupire, m'éloigne et détourne les yeux.
Les rustiques pipeaux et la tendre musette
Charment en vain les échos de ces bois;
Je ne les entends plus, et la triste fauvette
Me charme encor par sa plaintive voix.
Dans ce vallon charmant, chaque objet me retrace
Les doux moments de ma félicité:
Tout le monde est heureux au sein de la gaîté;
Moi seul ici soupire et traîne ma disgrâce.
Je vois sur un côteau le jeune laboureur
Folâtrer, rire et chanter son bonheur;
Là, deux jeunes époux, assis sur la fougère,
Époux toujours amants, bénissent leurs liens;
Ici, je vois un fils, l'appui de son vieux père,
Et mon cœur désolé se rappelle le mien;
Là, l'heureux Lycidas, en sa course légère,
Atteint en un bosquet sa craintive bergère.
Iris veut fuir encore et refuse un baiser;
Mais l'Amour en secret parle pour le berger:
Iris, en vain, veut encor se défendre;
Elle cède, soupire, et Lycidas vainqueur

Désarme enfin sa timide rigueur.
A ce riant tableau du printemps de ma vie,
Je me rappelle une amante chérie,
Et je crois voir encor renaître mes beaux jours.
Moments délicieux! adorable Zélie!
Il ne me reste plus qu'à vous pleurer toujours.
Ainsi de l'Aréthuse une rose naissante,
Tout à coup transportée en des déserts affreux,
Pâlit et penche encor une tige mourante
Vers ses bords amoureux.
O mes paisibles champs! ô ma chère patrie!
Je ne vous verrai plus; et vous, bosquets heureux,
Pourquoi faut-il qu'un destin rigoureux
Me prive des douceurs de votre ombre chérie!

TABLE DE CE VOLUME.

FIN DE LA TABLE.

www.ingramcontent.com/pod-product-compliance
Ingram Content Group UK Ltd.
Pitfield, Milton Keynes, MK11 3LW, UK
UKHW020333180726
13839UKWH00002B/691